AF400107

La vue était splendide, à couper le souffle.
Amélya et son groupe de randonneurs exploraient une vallée méconnue, dissimulée aux regards et éloignée de toute civilisation.
Tous, dans la vingtaine, partageaient cette passion pour la nature et les escapades sauvages depuis déjà plusieurs années.  Après de longues heures de marche, rythmées par la fatigue, la soif et les plaisanteries, ils décidèrent d'installer leur campement pour la nuit. L'atmosphère, d'une pureté presque irréelle, baignait le paysage d'une sérénité apaisante. Une fois installés, chacun s'affaira à sa tâche. Jules et Raphaël s'aventurèrent dans la forêt voisine pour rassembler du bois, pendant qu'Amélya et Sophie disposaient les sacs de couchage avec méthode. La soirée s'écoula dans une joyeuse légèreté, ponctuée de rires sincères et de confidences chuchotées autour du feu.
Mais alors que la nuit s'épaississait, Amélya, troublée par une lueur vacillante au loin, se redressa lentement. Quelque chose, dans cette lumière, appelait son regard plus qu'elle ne l'aurait voulu.
Son regard se fixa sur cet horizon lointain.
Elle s'avança, guidée par une brume épaisse et humide qui enveloppait tout autour d'elle.
Elle emprunta le chemin menant à une clairière sombre et sinueuse, bordée d'une végétation dense.
Mais il y avait quelque chose de plus profond, quelque chose d'invisible qui l'attirait irrésistiblement. Elle s'enfonça de plus en plus dans

la forêt, chaque pas devenant plus lourd, plus silencieux, comme si le sol lui-même absorbait ses empreintes.

La brume se fit plus dense, plus glacée, emprisonnant l'air dans un silence inquiétant. Les arbres, gigantesques, semblaient s'incliner sur son passage, leurs branches tordues formant une voûte de ténèbres au-dessus d'elle.

Amélia sentit un frisson lui parcourir .

Une odeur étrange flottait, âpre, comme celle d'une fleur en décomposition, mais aussi… quelque chose d'autre, comme un parfum familier qu'elle ne parvenait pas à identifier.

Au loin, une silhouette s'esquissa dans la brume. À peine visible, comme une ombre parmi d'autres, mais son regard… son regard perça l'obscurité.

Un cri lointain, étouffé, vibra dans l'air. Ou était-ce le vent ?

Elle s'arrêta net, les sens en alerte, le cœur battant dans ses oreilles. Mais déjà, la brume s'épaississait à nouveau, engloutissant l'instant.

L'un d'eux remarqua son absence après avoir allumé quelques brindilles.

— Mais où est passée Amélya ? s'inquiéta Raphaël. Elle est partie il y a un moment.

— Je pensais qu'elle était allée faire une petite commission dans les haies, mais c'est vrai que ça commence à faire long, reprit Sophie en fronçant les sourcils. Il faudrait peut-être partir à sa recherche, les bois ne semblent pas très sûrs. De son côté, la jeune femme s'avançait sur un chemin plus sombre, sous le regard silencieux des ombres tapies dans la forêt. Elle se sentait guidée par quelque chose — quelque chose d'ancien, de familier, dont les notes florales marquées masquaient à peine les arômes d'humidité et de terre. Elle poursuivit son chemin, les pas feutrés sur la mousse, attirée par une faible lumière vacillante qui perçait les ténèbres au loin. Elle semblait danser entre les arbres, comme un souvenir venu d'un autre temps. Venue de l'extérieur, cette clarté l'appelait, discrètement mais avec insistance, comme une voix oubliée qu'on reconnaît sans pouvoir la nommer.

Autour d'elle, le monde s'était effacé. La forêt n'était plus qu'un souffle, un murmure. Tout semblait irréel, noyé dans une obscurité si dense que le présent lui-même paraissait s'être retiré, laissant place à une réminiscence ancienne — un écho de quelque chose de perdu… et peut-être retrouvé.Arrivée devant un enchevêtrement de ronces noires, elle aperçut, au-delà du chaos végétal, une chaumière à la façade de pierre vieillie. Faiblement éclairée, elle semblait figée dans un autre temps, décorée de souvenirs oubliés.

Amélya s'arrêta, saisie par une émotion brute. Une sensation de déjà-vu s'imposa, irrépressible. Son cœur se serra. Sans qu'elle puisse l'expliquer, des larmes silencieuses glissèrent le long de ses joues, comme si son âme, avant elle, avait reconnu les lieux.

Et pourtant, dans sa vie actuelle, Amélya ne s'était jamais rendue en ce lieu.

Elle ferma les yeux.

Une sensation étrange l'envahit, douce et vertigineuse. Comme portée par un souffle ancien, elle se laissa glisser dans les méandres de sa mémoire. Tout à coup, des images surgirent — des souvenirs d'une autre vie, d'un ailleurs oublié mais profondément ancré en elle.Ses souvenirs d'autrefois, merveilleux, lui offraient un bonheur qu'aucune logique ne pouvait expliquer. Ce parfum, celui-là même qui l'avait guidée jusqu'ici, était à présent plus intense, presque enivrant.Elle se leva lentement, ouvrit les yeux et se dirigea vers l'arrière de la vieille bâtisse.Là, devant elle, s'étendait un champ de roses noires.Son cœur se serra. Dans ses souvenirs, elle se voyait là, agenouillée entre les rangs, les mains pleines de terre, cultivant ces fleurs sombres avec une tendresse infinie. C'était ici… c'était elle.Elle les effleurait du bout des doigts, comme on caresse un souvenir précieux. Une connexion profonde s'établissait entre elle et ces merveilles de la nature, conçues autrefois par ses propres mains, dans un passé lointain… presque irréel. Étrangement, les roses étaient toujours intactes. Aucune n'avait fané. Comme si le temps lui-même avait choisi de les préserver — ou de les attendre.

La connexion avec ce passé oublié semblait se réactiver, comme un courant qu'on relance après une longue absence.

Amélya referma les yeux une nouvelle fois, et du bout des doigts, caressa les roses comme si elles l'appelaient en silence, reconnaissant en elle celle qui les avait autrefois chéries. C'était une magnifique jeune femme, aux longs cheveux sombres, vêtue d'une jolie robe bleue et d'un tablier fleuri. Elle se tenait au chevet de ses créations, attentive, presque maternelle.

Le parfum des roses, capiteux et envoûtant, embaumait intensément son foyer, s'échappant par les fenêtres ouvertes, jusqu'à atteindre le village le plus proche, comme un appel discret au rêve.

La jeune femme, à nouveau reliée à ses roses du passé, s'immergea dans les souvenirs d'une vie de rêves. Sans y penser, ses pas la menèrent vers la porte arrière de la chaumière. Elle glissa sa main sous une lourde pierre recouverte de lierre et en sortit une vieille clé, qu'elle tourna instinctivement dans la serrure.

La porte grinça, une plainte sourde qui sembla réveiller la poussière suspendue dans l'air. Lorsqu'elle s'ouvrit complètement, l'intérieur demeura figé dans le temps, comme si l'existence avait brusquement cessé de s'écouler. Le sol, recouvert de poussière fine, portait les traces des années sans visite, et des toiles d'araignées ornaient les coins comme de délicates sculptures oubliées. L'odeur de renfermé, celle d'une maison qui n'a pas vu la lumière du jour depuis trop de saisons, emplit ses narines. C'était comme si l'air lui-même avait été figé, emprisonné dans cet espace autrefois vivant, où le temps s'était arrêté brutalement, sans crier gare.

Elle s'avança lentement, chaque pas effleurant le sol avec une légèreté presque respectueuse. Et alors, les échos de son passé, ceux d'une époque antérieure, retentirent dans son esprit comme des murmures à peine audibles. Elle connaissait cet endroit. Ce foyer, autrefois plein de rires et de chaleur, lui était familier, et pourtant si lointain. C'était un lieu où les souvenirs s'étaient enracinés, où les ombres de ce qui avait été se mêlaient au mystère de ce qui restait.

Ses yeux se posèrent sur une vieille commode, à la surface recouverte d'une fine couche de poussière, mais qui semblait porter en elle une sorte d'élégance figée dans le temps. Sur celle-ci, un cadre en bois noirci trônait, entouré de vieilles fleurs séchées, comme une relique. Dans le cadre, une photo jaunit par les années : une femme élégante, au regard à la fois fort et mélancolique, tenant dans ses bras un imposant bouquet de roses noires. Dans l'autre main, elle portait un trophée, brillant malgré le temps, comme un symbole d'une victoire oubliée.

Un frisson parcourut le long de son dos , tandis que l'image, à la fois familière et étrangère, l'enveloppait d'une étrange sensation de déjà-vu. Ce visage… c'était le sien. Il n'y avait plus l'ombre d'un doute. Un éclair de reconnaissance traversa son esprit, brutal et vertigineux. La femme sur la photo, avec son bouquet de roses noires et ce trophée au creux des doigts, ce n'était pas une étrangère, ni une ancêtre oubliée — c'était elle-même, dans un autre temps, dans une autre vie.

Sa venue ici n'était pas le fruit du hasard, elle le comprenait maintenant. Elle n'avait pas été guidée par la simple nostalgie ou par un caprice du destin. Non. Quelque chose, ou quelqu'un, l'avait appelée. Et elle avait répondu, sans même s'en rendre compte.

Ses pensées se bousculaient, comme des fragments d'un miroir brisé qui tentaient désespérément de se rassembler pour reformer une vérité enfouie. Elle ferma les yeux un instant, espérant calmer le tumulte intérieur. Mais les images revenaient en vagues : une musique ancienne, des rires lointains, l'odeur des roses fanées, des instants figés entre les murs de cette maison.

Elle fit quelques pas, observant les lieux avec une attention nouvelle. Chaque objet, chaque fissure dans les murs, chaque meuble oublié semblait lui parler dans un langage silencieux, chargé de souvenirs. En faisant un petit état des lieux, une évidence s'imposa à elle avec la force d'un battement de cœur : cette maison... elle lui appartenait autrefois. Elle y avait vécu, aimé, rêvé... Peut-être même qu'elle y était morte, qui sait ?

Tout semblait presque clair, comme si le voile entre le présent et l'ancien monde s'était enfin soulevé. Elle n'était pas une simple visiteuse : elle rentrait chez elle.

Amélya se laissa tomber sur une vieille chaise en bois, dont les pieds grincèrent faiblement sous son poids, comme s'ils protestaient contre ce brusque retour à la vie. Elle balaya la poussière d'un geste vif, presque rageur, comme pour effacer les années d'oubli, les couches de silence accumulées. Une fine nuée grise s'éleva dans l'air, tourbillonnant autour d'elle avant de retomber doucement, résignée.

Elle fouilla dans son sac et en sortit sa thermos, qu'elle dévissa d'un geste mécanique. Le métal froid lui rappela la réalité, la seule chose familière dans ce décor figé. Elle porta la bouteille à ses lèvres et avala une gorgée, brûlante, qui descendit dans sa gorge avec une âpreté bienvenue. Ce simple geste, banal en apparence, sembla déclencher une vague incontrôlable en elle.

Les émotions, jusqu'alors contenues par le choc de la découverte, revinrent en force, déferlant avec une intensité qu'elle n'avait pas anticipée. C'était comme si le lieu, la photo, l'écho du passé, tout conspirait à faire craquer les digues de sa mémoire. Son cœur s'emballa, ses mains tremblèrent légèrement, et ses yeux s'humidifièrent sans qu'elle ne puisse les en empêcher.

Ce n'était plus simplement un retour… c'était une reconnexion. Et cette maison, cet espace figé, devenait soudain le théâtre d'une résurrection intime.

« Il faut que j'explore les environs. J'ai besoin de savoir… de comprendre davantage. » pensait-elle, la gorge encore nouée.

Cette pensée tournait en boucle dans sa tête, comme un appel intérieur, une nécessité viscérale. Après cette courte pause, elle se leva lentement, rangea sa thermos, et, le cœur alourdi mais résolu, reprit son chemin.

Elle traversa à nouveau le champ de roses. Le vent léger caressait les pétales avec une douceur presque irréelle. Le jardin s'étendait bien plus loin qu'elle ne l'aurait imaginé. Immense, silencieux, majestueux dans son abandon. Les roses noires, d'une beauté troublante, semblaient résister au temps. Immuables, elles trônaient fièrement au milieu de la végétation sauvage, exhalant leur parfum envoûtant. Un parfum lourd, chargé de souvenirs et de secrets oubliés. L'air tout entier semblait imprégné de cette essence, comme si chaque souffle était une invitation à se souvenir.

Guidée par une intuition étrange, Amélya s'aventura plus loin, contournant le jardin, jusqu'à la lisière de la forêt, à l'opposé du chemin par lequel elle était arrivée. Les arbres se faisaient plus denses, plus hauts, et la lumière y pénétrait avec parcimonie. Ses pas ralentirent tandis qu'un frisson lui parcourait à nouveau le long de sa colonne vertébrale. Sous les hautes herbes, à peine visible, quelque chose attira son attention.

Elle s'agenouilla, écarta les feuilles, les brindilles, et gratta doucement une fine couche de mousse. Une pierre se dessinait peu à peu, usée par les années, mais toujours lisible. Une pierre tombale. Gravé dans la roche, un prénom. Puis deux dates.

**Sarah**
**1888 - 1908**

Juste au-dessus, sculptée avec soin, une grosse rose en pierre, figée pour l'éternité.

Amélya resta figée, le souffle coupé. Elle ne sentit plus ses jambes, comme si la terre venait de se dérober sous elle. Ce nom, ces dates… Une onde glacée remonta le long de sa colonne. L'émotion la submergea, brutale et silencieuse. Elle comprit alors, sans savoir comment, que ce qu'elle avait été autrefois… reposait là, sous ses pieds.

Des larmes sans commande coulaient sur ses joues cachées par ses longues mèches brunes. Elle sentit comme une main réconfortante posé sur son épaule, sans personne à l'horizon.Des larmes, incontrôlables, s'échappèrent de ses yeux sans qu'elle ne tente même de les retenir. Elles glissèrent silencieusement sur ses joues, se mêlant à la poussière et aux embruns du vent, dissimulées à demi par ses longues mèches brunes qui retombaient en rideau autour de son visage. Ce n'était pas une tristesse ordinaire. C'était une peine ancienne, profonde, enracinée quelque part dans l'oubli de son âme. Une douleur qui ne lui appartenait pas tout à fait… et pourtant si familière.

Le silence de la forêt s'épaissit autour d'elle, solennel. Seul le souffle du vent dans les arbres semblait murmurer des mots qu'elle ne comprenait pas encore. C'est alors qu'elle la sentit : une pression douce, à peine perceptible, sur son épaule. Une main invisible. Réconfortante. Présente.

Elle sursauta légèrement, tourna la tête d'un geste brusque… mais il n'y avait personne. Personne à l'horizon. Rien d'autre que les arbres figés, les ombres étirées, le chant lointain d'un oiseau oublié. Pourtant, cette main… elle avait été bien réelle. Elle avait senti la chaleur, la délicatesse du contact, comme si quelqu'un avait voulu lui dire : tu n'es pas seule.

Un souffle glacé traversa la clairière, soulevant les feuilles mortes dans une danse éphémère. Le temps semblait suspendu à nouveau, comme si l'instant appartenait à un autre monde.

Amélya ferma les yeux. Elle ne chercha pas à fuir, ni à comprendre. Elle accueillit cette présence comme une étreinte d'un passé oublié, un fragment d'âme venu l'effleurer. Peut-être Sarah. Peut-être elle-même. Ou peut-être… les deux à la fois.

Au loin, une voix s'éleva, perçant le voile de silence qui enveloppait la forêt. C'était un appel, faible d'abord, mais il s'amplifia peu à peu, se dessinant dans l'air comme une lueur persistante. Ses compagnons de route, ses amis, ceux du présent. Leurs voix portaient jusqu'à elle, brisées par la distance, mais clairement reconnaissables.

Amélya ! Amélya, où es-tu ?

Les échos se rapprochaient, se frayaient un chemin à travers les arbres, mais elle ne bougea pas. Ses genoux, encore plongés dans l'herbe humide, la maintenaient attachée à cette terre qu'elle venait à peine de redécouvrir. Leurs appels s'éteignaient dans le vent, comme des murmures perdus, et Amélya resta là, figée, en proie à une méditation profonde. Ses pensées se perdaient dans les souvenirs, dans l'écho de son passé oublié, dans les images floues d'une vie qu'elle avait oubliée, ou qu'on lui avait volée.

Elle sentit de nouveau la présence à ses côtés. C'était une sensation douce, mais insistance. Comme une main invisible posée sur son cœur, un souffle ancien qui l'invitait à s'ouvrir davantage. À accueillir cette vérité enfouie au fond d'elle-même.

Les appels se faisaient plus pressants. Mais, dans un dernier effort, Amélya ferma les yeux et se concentra, laissant le monde extérieur se dissoudre peu à peu. Elle se laissa emporter par le flot de sensations, par le murmure des arbres et le chant discret du vent dans les feuilles. Elle était bien plus que ce corps ancré ici et maintenant. Elle était le passé, elle était Sarah, elle était cette maison, elle était ce jardin et cette pierre tombale. Elle était tout à la fois.

Mais peu à peu, la réalité la rattrapa. L'instant présent, avec ses exigences et ses liens, se fit plus imposant. Elle rouvrit les yeux et se redressa lentement, ses jambes tremblantes mais décidées. Les voix de ses amis étaient tout près désormais. Elle tourna la tête, cherchant leurs silhouettes à travers les troncs des arbres, mais elles étaient encore floues, comme si la brume qui enveloppait son esprit persistait à vouloir masquer ce qu'elle ne voulait pas voir.

Ses amis la rejoignirent enfin, leurs visages inquiets se dessinant entre les ombres. Mais Amélya, toujours en transe, les regarda sans les voir vraiment. Elle avait trouvé une part d'elle-même qu'elle ne pouvait plus ignorer, et un fragment de vérité qu'elle ne pourrait plus oublier. Elle savait désormais qu'elle n'était pas simplement là par hasard. Que ce jardin, cette forêt, ce nom gravé dans la pierre étaient l'ultime porte à franchir pour comprendre ce qui s'était passé dans une vie qu'elle ne pouvait plus refuser.

—Te voilà enfin ! prononça Sophie, essoufflée, en s'approchant d'Amélya. Ses traits étaient marqués par la hâte et l'inquiétude, mais il y avait dans sa voix un éclat de soulagement évident. Elle avait dû courir à travers la forêt, chercher à travers les haies, et pourtant, la joyeuse lueur qui illumina son visage à la vue d'Amélya n'était pas à la hauteur de sa fatigue.

Amélya se redressa lentement, un léger sourire flottant sur ses lèvres. Elle se sentit comme une étrangère dans cet instant, entre le monde qu'elle venait de quitter et celui qu'elle retrouvait. Un monde plus tangible, plus réel, mais pourtant… plus lointain. Le temps semblait se dilater autour d'elle, mais une chaleur douce émanait de ses amis, comme un ancrage solide dans la réalité.

—Venez, les amis, venez…  dit-elle, sa voix vibrant d'émotion, douce mais remplie d'une énergie nouvelle.

—Nous allons nous poser dans la maison. Et je vous raconterai tout.

Les mots s'échappèrent d'elle comme un souffle de libération. Elle avait l'impression d'avoir traversé un abîme, un gouffre de souvenirs et de mystères, et que tout ce qui était resté enfoui dans son cœur pouvait enfin voir la lumière. Elle avait une histoire à partager, une vérité à offrir, et elle savait, au fond d'elle-même, que ses amis seraient là pour l'accueillir sans jugement, sans questionner l'invisible qui pesait sur elle.

Sophie, bien que visiblement épuisée, hocha la tête avec un sourire complice. Derrière elle, les autres membres du groupe s'approchèrent, leurs regards traversant l'espace entre Amélya et la vieille maison, entre curiosité et inquiétude. Ils sentaient le changement en elle, une transformation subtile, comme si une porte jusque-là scellée venait de s'ouvrir.

Le groupe se dirigea vers la maison, l'ombre des arbres s'allongeant à mesure que le soleil se coucha lentement derrière l'horizon. Amélya s'arrêta un instant devant la porte, la main sur le bois usé, comme si elle prenait le temps d'ancrer chaque fibre de son être à ce lieu.

L'atmosphère dans la maison était presque irréelle, figée dans le temps. À chaque pas qu'ils faisaient dans le hall d'entrée, des souvenirs semblaient s'éveiller dans les recoins les plus sombres. Les murs chuchotaient des histoires anciennes, des promesses et des regrets perdus dans la poussière.

Une fois tous installés autour de la vieille table, Amélya prit une profonde inspiration. Son regard se tourna vers Sophie, puis vers les autres. Elle savait que ce qu'elle allait leur dire allait tout changer. Mais avant même de commencer, un étrange sentiment l'envahit : le poids de la révélation, l'urgence de comprendre ce qui se jouait ici, dans cette maison et dans son âme.

Raphaël, silencieux depuis leur arrivée, s'était éloigné du groupe, attiré par les détails figés dans le temps. Ses doigts glissèrent sur la surface rugueuse du mur, effleurant la tapisserie délavée, s'attardant sur les fissures qui serpentaient comme des veines anciennes. Quelque chose dans l'air vibrait encore, une mémoire invisible, presque vivante.

Son regard fut attiré par un cadre posé de travers sur une commode au bois terni. Il le redressa doucement, soufflant sur la vitre recouverte d'un voile de poussière. Une fois dégagé, le portrait le figea sur place. Une femme y posait, droite, mystérieuse, un bouquet imposant de roses noires entre les bras et un trophée dans l'autre main. Son regard transperçait l'objectif, intemporel, presque trop réel.

Raphaël cligna des yeux, incrédule.

— Mais… c'est vraiment toi sur cette photo ? demanda-t-il, en se tournant vers Amélya.

Elle leva les yeux, et un sourire triste effleura ses lèvres.

— Oui… autrefois, répondit-elle d'une voix douce, presque murmurée, comme si prononcer ces mots réveillait en elle un écho lointain, fragile.

Les autres se figèrent. Un frisson passa dans la pièce, subtil mais palpable. Le genre de silence où même le craquement du bois semble hésiter.

Jules, qui observait les lieux d'un œil discret, fronça soudain les sourcils.

— Ce parfum… vous le sentez ? dit-il en inspirant plus profondément. C'est intense. Envoûtant. Comme si les roses n'avaient jamais fané.

Il se dirigea vers une ouverture sur le jardin. De là, le champ de roses était toujours visible, baigné dans les lumières crépusculaires. Malgré les années, malgré l'abandon, les fleurs étaient là, éclatantes, presque irréelles. Un souffle végétal enivrait l'air autour d'eux, chaud, capiteux, vivant.

— C'est comme si le temps n'avait pas osé les toucher, ajouta-t-il, les yeux écarquillés.

Amélya hocha doucement la tête, touchée par ses mots.

— C'est parce que ce lieu… garde tout. Les souvenirs, les douleurs, les promesses. Il protège, même quand tout semble oublié.

Elle se leva alors, fit quelques pas vers la fenêtre et posa sa main sur le rebord. Sa silhouette se découpait dans la lumière dorée, et pour un instant, elle semblait faire partie du décor, comme si elle n'était jamais vraiment partie.

— Vous n'avez encore rien vu, dit-elle en se tournant vers eux. Cette maison… détient bien plus qu'une photo et un parfum persistant. Elle détient une histoire. La mienne. Et peut-être… la vôtre aussi. Amélya se tenait au centre de la pièce, les mains croisées devant elle, son regard perdu un instant dans la poussière qui dansait à la lumière dorée du soir. Puis elle se tourna lentement vers ses amis, ses yeux brillants d'une lueur douce mais grave.

— Là où vous m'avez retrouvée… commença-t-elle d'une voix calme, presque solennelle, repose l'autre moi. Enfin… ce que j'étais avant.

Un frisson traversa le groupe. Aucun n'osa interrompre. Les mots d'Amélya semblaient sortir d'un lieu ancien, plus ancien que ses souvenirs, plus profond que sa mémoire. Comme s'ils venaient d'une autre vie.

— Nous irons… s'aventurer de l'autre côté, reprit-elle, le regard toujours tourné vers la fenêtre et les ombres s'allongeant dans le jardin. Mais pas ce soir. Pas dans la fatigue et le froid. Avant ça… aidons-nous à rafraîchir un peu cette maison. Nous y passerons la nuit. Ce sera toujours plus confortable que dehors, sous la brume humide.

Elle sourit, d'un sourire mêlé de nostalgie et de détermination. La brume commençait justement à s'épaissir à l'extérieur, couvrant peu à peu les roses d'un voile laiteux. Le froid tombait avec le soir, et l'idée de rester là, tous ensemble, à l'abri, prenait des airs de refuge.

Sophie hocha la tête sans un mot, déjà en train de retrousser ses manches. Raphaël reposa le cadre délicatement, comme s'il venait de manipuler une relique sacrée. Jules, toujours planté près de l'entrée, inspira à nouveau le parfum des roses avec un soupir songeur.

— Très bien, dit-il enfin. Alors on s'installe. Et on t'aide à ranimer ce vieux cœur de pierre.

Ils se mirent tous en mouvement, remuant les vieux meubles, secouant les draps, ouvrant les volets pour laisser entrer un peu de clarté. Une énergie nouvelle habitait la maison. Comme si, en retrouvant ses occupants, elle se réveillait doucement, elle aussi.

Et dans le silence qui suivit, une chose était certaine : la nuit à venir ne serait pas ordinaire.

Après un bon coup de balai, quelques bâtons d'encens improvisés avec des herbes séchées trouvées dans la cuisine et un peu d'huile de coude, la chaumière retrouvait peu à peu son charme d'autrefois. Les toiles d'araignées avaient cédé leur place à des éclats de lumière, et la poussière soulevée semblait danser de joie dans les rayons du couchant. L'atmosphère s'était adoucie, comme si la maison, elle aussi, soupirait de soulagement en retrouvant ses habitants.

Un feu crépitait doucement dans la vieille cheminée en pierre. Ils avaient réussi à dégoter quelques bûches humides derrière la maison, et, avec un peu d'astuce et de patience, Jules avait su faire renaître la flamme. Les murs, autrefois froids, se teintaient d'une chaleur ambrée, et même les ombres semblaient s'assouplir.

Amélya s'était assise dans un fauteuil de rotin légèrement bancal, une couverture sur les genoux. Elle observait ses compagnons qui s'installaient pour la nuit avec une tendresse discrète. Un soupçon d'humidité brilla dans ses yeux.

Elle n'aurait su dire si elle était vraiment « chez elle », mais elle ressentait quelque chose de plus profond encore. Comme si les murs la reconnaissaient. Comme si le lieu, dans son silence, l'accueillait en murmurant :

« enfin, te voilà ». Ce n'était pas qu'elle se sentait Amélya… C'était qu'elle se souvenait d'avoir été Sarah.

— Reposons-nous, souffla-t-elle, presque pour elle-même, mais assez fort pour que les autres l'entendent. Demain, nous explorerons les environs.

Le groupe acquiesça, fatigué mais apaisé. Les rires s'étaient tus, remplacés par une quiétude étrange, un entre-deux flottant entre le rêve et l'éveil.

Mais alors que la nuit avançait doucement, enveloppant la chaumière dans sa brume humide, quelque chose effleura l'esprit d'Amélya. Un murmure. Très léger. À peine un souffle entre les craquements du bois.

Une voix. Celle d'une enfant. Douce… mais triste.

« Tu es revenue… mais pourquoi si tard ? » Amélya rouvrit les yeux brusquement, figée. Le feu crépitait encore doucement, les autres dormaient ou somnolaient. Personne n'avait parlé. Et pourtant…Elle posa une main sur sa poitrine. Son cœur battait lentement, mais avec une intensité nouvelle. Il y avait encore des secrets dans cette maison. Des présences, peut-être. Et demain, la forêt les attendait.

Cette nuit-là, alors que la chaumière dormait dans un silence presque sacré, enveloppée par la brume et le souffle discret du vent dans les feuillages, Amélya s'agita doucement dans son sommeil.

Elle rêvait.

Mais ce rêve avait la consistance étrange de quelque chose de réel, comme si les frontières entre les époques venaient de se dissoudre. Le sol sous ses pieds n'était plus celui de la maison, mais celui du jardin, baigné d'une lumière dorée de fin d'après-midi. L'air sentait la rose et la terre humide.

Et là, au milieu des buissons taillés avec soin, une silhouette se tenait, agenouillée devant un massif de roses noires. Elle portait une jolie robe bleue, légère et flottante, serrée à la taille par un tablier fleuri où s'entassaient quelques outils de jardinage. Ses cheveux bruns étaient attachés en une tresse soignée, et un rayon de soleil faisait danser des reflets mordorés autour d'elle. Amélya la regardait faire, le cœur étrangement serré. Elle connaissait cette robe. Elle connaissait ces gestes précis, ce soin particulier à redresser les tiges, à effleurer les pétales comme on touche une joue d'enfant. Elle reconnaissait cette paix, cette concentration… comme un écho intime dans son propre corps.

La jeune femme du rêve – ou était-ce un souvenir ? – leva la tête. Et Amélya croisa ses propres yeux, plus jeunes, plus naïfs, mais tout aussi profonds.

« Tu n'as pas oublié… », murmura la voix douce de l'apparition. « Les roses ne fanent jamais quand on les aime assez. »

Un frisson parcourut Amélya dans son sommeil. La vision vacilla. La robe bleue ondula, emportée par un souffle invisible, et la silhouette s'effaça dans un nuage de lumière… avant qu'une dernière phrase ne résonne, suspendue entre rêve et réalité :

« Reviens au puits. Il est encore là. »

Amélya se réveilla en sursaut, haletante. La pièce était paisible, baignée dans la lumière blafarde de l'aube. Les autres dormaient encore. Mais elle, non. Plus maintenant.

Elle savait où aller.

Le puits.

Et sous les roses… peut-être, la vérité.

L'aube s'étirait lentement, en silence, lavant la brume nocturne d'une lumière pâle et rosée. Tout dormait encore dans la chaumière, mais Amélya, elle, était déjà dehors. Pieds nus dans l'herbe humide, le cœur battant comme un tambour ancien. Ses pas la guidaient sans réfléchir, portés par ce rêve qui n'en était pas vraiment un.

Elle traversa le champ de roses encore perlées de rosée, frôlant les pétales noires qui semblaient frissonner à son passage. Plus loin, dissimulé derrière une haie de sureau, elle le trouva. Le puits.

Mossu, usé, cerné de pierres disjointes. Il semblait dormir là depuis des siècles. Pourtant, il vibrait. Il respirait. Il se souvenait.

Amélya s'en approcha, le souffle court. Elle posa une main sur la margelle. Un froid glacial la saisit immédiatement, comme si la pierre cherchait à aspirer sa chaleur, ou à lui rendre la sienne.

Et soudain, la mémoire revint. Brutale. Totale.

La robe bleue. Le tablier. Le vent qui s'était levé ce jour-là. Elle portait une corbeille pleine de roses qu'elle venait de cueillir. Elle riait. Et puis… le vertige. Une pierre glissante. Son pied avait glissé. Le monde avait basculé.

Une chute. Un cri. Et puis… le noir.

Elle revoyait les parois de pierre tourbillonner autour d'elle. Le froid, l'eau, la douleur vive qui avait transpercé son flanc. Et la solitude. Infinie.

Elle était morte là.

Sarah. C'était là que tout s'était arrêté. Et pourtant… quelque chose de cette âme n'avait jamais quitté les lieux. Quelque chose d'elle était resté accroché à la pierre, à la mousse, aux racines entremêlées au fond du puits.

Amélya chancela et tomba à genoux. Des larmes silencieuses coulaient, non pas de tristesse, mais comme une digue enfin rompue.

Elle ne rêvait plus. Elle se souvenait.

Et dans ce souvenir, il y avait aussi une paix étrange. Car désormais, elle savait. Elle comprenait.

Elle releva la tête vers le ciel pâle et murmura, dans un souffle :

— Je suis revenue, Sarah. On ne tombera plus jamais dans l'oubli.

Le souffle encore court, les joues marbrées de larmes séchées, Amélya se redressa lentement. Son cœur battait à tout rompre, mais l'élan de vérité lui avait redonné des forces. Elle frotta ses mains contre sa veste, inspira profondément, et prit la direction de la chaumière à grandes enjambées, comme poussée par une urgence intérieure.

Le soleil se hissait lentement au-dessus des arbres, dispersant les dernières brumes matinales en filets argentés. Devant la petite maison, elle aperçut ses compagnons, à peine réveillés, étirant leurs membres engourdis, frottant leurs yeux encore lourds de sommeil. Jules bâillait bruyamment, une tartine de pain sec à la main. Sophie, emmitouflée dans un gilet, terminait de tresser ses cheveux. Raphaël, lui, observait déjà les alentours d'un air curieux, le cadre photo toujours posé près de lui.

Amélya s'arrêta sur le seuil, le regard vibrant d'une énergie nouvelle.

— Prenons un bon petit déjeuner tiré du sac, proposa-t-elle d'une voix plus assurée. Ensuite… nous irons explorer, comme prévu.

Elle marqua une pause. Tous la regardèrent avec une attention nouvelle.

— Je sais maintenant comment Sarah est décédée.

Un frisson léger parcourut le groupe. Aucun ne parla, mais chacun sentit l'importance de ces mots.

— Nous commencerons par passer devant sa pierre tombale. Il faut rendre hommage à celle que j'ai été. Ensuite, je crois… je sens… que quelque chose nous attend plus loin. Quelque chose que je dois encore découvrir.

Raphaël fronça légèrement les sourcils, intrigué.

Sophie s'approcha doucement.

— Tu es sûre que tu veux y retourner ? Tu semblais bouleversée, tout à l'heure…

Amélya hocha la tête, un demi-sourire au coin des lèvres.

— Je suis bouleversée, oui… mais je suis prête. Ce lieu me parle, il me guide. Et j'ai l'étrange impression que la terre elle-même attend que je me souvienne de tout.

Jules, toujours fidèle à lui-même, brisa la tension avec un clin d'œil :

— Tant que les roses ne nous mangent pas vivants, je suis partant.

Les rires détendirent l'atmosphère. Chacun sortit une part de leur modeste repas : fruits secs, pain de campagne, thermos de café tiède. Et tandis que les bribes de conversations légères flottaient dans l'air, Amélya fixait déjà la direction du vieux jardin.

Elle sentait que la journée serait décisive. Sous chaque pierre, derrière chaque racine… peut-être dormaient encore des morceaux de son ancienne vie.

Et elle était désormais prête à les déterrer.

Arrivés devant la pierre tombale dissimulée sous les hautes herbes, le groupe ralentit instinctivement le pas. Le silence s'imposa, comme une révérence naturelle devant cette trace du passé. La mousse avait commencé à recouvrir les lettres gravées, mais le nom "Sarah" restait visible, comme si le temps lui-même n'avait pas osé l'effacer tout à fait.

Raphaël s'approcha en premier. Il se pencha, effleura du bout des doigts les chiffres gravés dans la pierre :
**1888 – 1908**

— Vingt ans… si jeune, dit-il doucement. Nos âges aujourd'hui… ça fait froid dans le dos.

Amélya se tenait un peu en retrait, les bras croisés contre elle-même, les yeux humides mais sereins. Elle ne pleurait plus. Elle contemplait.

— Et pourtant, commença-t-elle, c'est comme si une partie d'elle était restée là, figée dans le temps. Prisonnière du lieu, de la chute, du silence. J'ai l'impression d'être revenue… pour la libérer.

Sophie, émue, s'agenouilla près de la pierre.

— Elle était comme toi ? Curieuse, rêveuse, un peu têtue ?

Amélya sourit doucement.

— Elle était moi.

Le vent fit frissonner les feuillages, soulevant doucement les mèches brunes de la jeune femme. Un pétale noir tomba silencieusement à ses pieds.

— J'ai senti sa peur, sa solitude, continua-t-elle, mais

aussi… une force. Elle aimait ce lieu, ses roses, cette nature presque sauvage. Elle croyait au bonheur simple. Et c'est là que tout s'est arrêté.

Jules, resté un peu en retrait, regardait autour de lui d'un air plus nerveux.

— C'est moi ou ce coin a une ambiance un peu… surnaturelle ce matin ? J'ai l'impression qu'on est observés.

— C'est peut-être le cas, murmura Amélya, mais ne t'en fais pas. Je crois qu'elle nous écoute… et qu'elle nous protège.

Elle s'agenouilla à son tour, puis, dans un geste délicat, déposa une rose noire fraîchement cueillie sur la tombe. Le contraste entre la fleur éclatante et la pierre terne était saisissant.

— C'est le moment de continuer. Il reste un endroit… que je n'ai pas osé vous montrer encore. Là où tout s'est terminé pour Sarah.

Elle se releva lentement.

— Suivez-moi. Le puits est tout près.

Et, sans attendre de réponse, elle prit la tête du groupe, comme guidée par une mémoire plus ancienne que la sienne.

— Effrayant ! lança Jules, un frisson lui courant le long de l'échine. Il y a plein de roses autour de ce lieu… c'est étrange, non ?

Il recula légèrement, jetant un regard méfiant aux fleurs noires qui ceinturaient le puits comme une couronne funèbre.

— Continuons le chemin, si tu veux bien, Amélya, proposa-t-il d'une voix un peu plus basse.

— Allons-y, répondit-elle, sans se retourner.

Le groupe s'éloigna du puits à pas mesurés. Le sentier se faufilait entre les troncs, comme s'il avait été tracé par une mémoire ancienne. Les bois, jusqu'ici pesants et silencieux, commencèrent à s'ouvrir timidement sous la lumière matinale. Des rais de soleil perçaient à travers le feuillage, dessinant au sol des dentelles dorées. Un oiseau s'élança dans le ciel en poussant un cri cristallin, bientôt suivi par d'autres. Une sérénité nouvelle s'invitait, douce et fragile.

— Écoutez, dit Sophie en levant les yeux. Les oiseaux… Ils chantent à nouveau.

— On dirait que la forêt respire, souffla Raphaël, étonné. Comme si elle nous remerciait.

Amélya s'arrêta quelques secondes, touchée. Elle ferma les yeux, inspira profondément. Une bouffée d'air parfumé aux roses et à la mousse l'envahit, mêlée d'une émotion discrète mais tenace. Il y avait quelque chose de réparé. Ou du moins, en voie de l'être.

— Elle est en paix, murmura-t-elle pour elle-même.

Puis, se tournant vers ses amis avec un sourire encore un peu brumeux, elle ajouta :

— Venez. Il reste tant à voir… et je crois que le passé n'a pas encore tout dit.

Les pas reprirent, plus légers, plus confiants. Le bois s'éclaircissait. Et dans le cœur d'Amélya, une certitude s'installait doucement : elle était enfin là où elle devait être.

Après plusieurs kilomètres de marche, les quatre amis s'enfoncèrent dans une région plus escarpée, où la végétation semblait reprendre ses droits sur les pierres et les souvenirs. Aucun habitant à l'horizon. Le silence était presque absolu, troublé seulement par le bruit de leurs pas sur les feuilles mortes.

Puis, au détour d'un sentier à demi effacé, ils tombèrent sur ce qu'il restait d'un village oublié.

Des ruines. Des bâtisses éventrées, aux toits effondrés, envahies par les ronces et les herbes hautes. Des cheminées solitaires pointant vers le ciel comme les doigts d'un passé figé. Un puits asséché au centre de ce qui fut autrefois une place, et quelques murets éclatés, vestiges d'un temps révolu.

— Quel gâchis… souffla Raphaël en s'approchant d'un mur noirci par les flammes. Tout est en ruine… C'est dommage.

Le vent souleva un nuage de poussière et de cendres, emportant avec lui l'écho de voix oubliées.

Amélya, elle, s'était arrêtée net. Son cœur battait plus vite, comme s'il tentait de se synchroniser avec un autre rythme, plus ancien, enfoui en elle.

— Je… je connais cet endroit, murmura-t-elle.

Sans attendre, elle s'avança lentement vers une bâtisse aux murs encore debout, dont l'entrée branlante tenait miraculeusement. Elle posa la main sur la pierre, et une onde la traversa, la projetant dans une mémoire qui n'était pas tout à fait la sienne… et pourtant.

Des rires d'enfants résonnèrent soudain dans sa tête.

Elle entra dans les ruines. Il n'en restait que le squelette : un tableau noir fissuré, quelques pupitres renversés, des lettres gravées au couteau dans le bois. Une petite salle de classe. L'école.

— C'était ici, dit-elle, plus pour elle-même que pour les autres. Ici que Sarah… que j'étais élève. C'est ici que j'ai appris à lire, à écrire… à rêver.

Elle ferma les yeux. Elle se revit, fillette en robe à carreaux, un ruban dans les cheveux, assise au premier rang, les doigts tachés d'encre. Les visages de ses camarades lui revinrent un à un, flous, mais présents. Elle entendit leur éclats de voix, la cloche sonner, les pas pressés dans la cour, les leçons récitées en chœur.

Une étrange chaleur se répandit en elle, aussitôt suivie d'un froid saisissant. L'émotion.

— Plus de cent ans, et tout est encore là... souffla-t-elle.

Ses amis restaient silencieux, respectant cet instant suspendu. Jules s'approcha doucement et posa une main sur son épaule.

— Ce village... il devait être magnifique autrefois.

Amélya hocha lentement la tête, les yeux brillants.

— C'était un havre de paix. Jusqu'à ce qu'il brûle, jusqu'à ce qu'il tombe dans l'oubli.

Elle recula d'un pas, le cœur serré mais plus lucide que jamais.

— Ce n'est pas un hasard si je suis revenue ici. Quelque chose m'appelle encore. Quelque chose qui attend d'être révélé.

Le silence retomba, chargé d'un souffle ancien.

Et tandis que le vent caressait les ruines, une impression étrange s'insinua dans l'air : celle d'être observés.

Le groupe s'enfonça plus profondément dans les vestiges du village, chacun marchant lentement, presque à pas feutrés, comme pour ne pas déranger les souvenirs qui dormaient sous les décombres.

Leurs pas les menèrent devant une petite boutique, étonnamment bien conservée malgré le poids des années. Les vitres, brisées depuis longtemps, étaient noircies par la suie et les cendres, laissant entrevoir à travers les éclats un intérieur figé dans le temps.

La devanture, bien qu'abîmée, gardait un certain charme : des arabesques en fer forgé grimpaient le long de la porte, et une enseigne à demi effacée portait encore les lettres dorées d'un nom effacé par le temps.

À l'intérieur, la lumière perçait doucement par les interstices du toit effondré, révélant des étagères encore debout, tapissées de flacons de parfum. Malgré la poussière épaisse, les fioles en verre coloré brillaient comme des joyaux oubliés, reflétant les rayons timides du soleil. Certaines contenaient encore quelques millilitres d'un liquide ambré, vestige d'un savoir-faire artisanal disparu.

Sophie s'aventura à l'arrière de la boutique, attirée par une forme sombre partiellement dissimulée sous un tissu effiloché. Elle écarta le voile avec précaution et découvrit un coffre ancien, orné de gravures délicates représentant des pétales de roses qui semblaient presque danser sur le bois.

Sur le couvercle, un prénom était finement gravé : **Sarah**.

Sophie resta un instant figée, émue, avant de se tourner vers son amie.

— .Amélya… appela-t-elle doucement, la voix tremblante. Viens voir. J'ai trouvé quelque chose. Et je crois que… c'est à toi de l'ouvrir. Ce coffre porte ton ancien nom. Ce qu'il contient… t'appartient sûrement.

Amélya s'approcha, le cœur battant, le regard fixé sur la boîte comme s'il s'agissait d'un trésor sacré. Ses doigts effleurèrent le bois, et une vague d'émotion la submergea. L'odeur familière de roses fanées semblait flotter dans l'air, ramenant avec elle une foule de souvenirs flous, comme des fragments d'une autre vie.

Elle s'agenouilla, posa ses mains sur le couvercle, et prit une inspiration profonde.

— Je suis prête, murmura-t-elle.

Autour d'elle, ses amis retinrent leur souffle, conscients que ce qu'elle allait découvrir n'était pas seulement un objet du passé… mais peut-être une clé pour comprendre ce qui s'était réellement passé, ici, il y a plus d'un siècle.

Sous le poids de l'émotion, les mains d'Amélya tremblaient alors qu'elle tentait d'ouvrir le coffre. Le loquet, rouillé par le temps, résista un instant, comme s'il refusait de livrer trop facilement les secrets qu'il contenait. Puis, dans un léger clic, le couvercle se souleva lentement, dévoilant un intérieur tapissé de velours fané.

Tout en haut reposait une lettre, délicatement posée, comme si elle n'avait jamais été bousculée par le temps. Juste en dessous, niché dans un écrin de tissu ancien, un flacon de parfum attirait le regard. Il était d'une beauté saisissante : finement sculpté en forme de rose majestueuse, son verre teinté d'un rose pâle captait la lumière comme un joyau ancien, et un léger parfum s'en échappait encore, intact malgré les décennies.

Amélya porta la lettre à la lumière. Le papier était jauni, mais parfaitement conservé. L'écriture, calligraphiée en une encre bleutée aux reflets d'indigo, révélait une main appliquée, élégante, presque solennelle. Elle lut à haute voix, sa voix tremblante :

« Celui qui trouvera ce coffre,
Je lui laisse un joli héritage.
Qu'il ou elle poursuive ma création,
Ce parfum aux notes florales,
Prononcées, intenses et envoûtantes,
Extrait de mes roses,
Les fleurs que j'ai tant chéries
Depuis ma tendre jeunesse.

Sarah »

Le silence s'installa dans la boutique, sacré, presque religieux. Jules, d'ordinaire si bavard, baissa la tête, ému. Sophie posa une main sur l'épaule d'Amélya, doucement. Raphaël observait le flacon, fasciné.

— C'est comme si elle t'avait écrit… à toi. Comme si elle savait que tu reviendrais, murmura-t-il.

Amélya, les yeux embués, tenait toujours la lettre contre son cœur.

— Ce parfum… c'est plus qu'une odeur. C'est une mémoire, une essence de vie. Peut-être que c'est ma mission maintenant. La continuer. L'honorer.

Une brise légère passa entre les murs éventrés de la boutique, faisant frémir les pétales gravés sur le coffre. Comme un soupir. Comme un remerciement venu d'ailleurs.

— Je vais reprendre ce bel héritage que j'ai laissé autrefois, déclara Amélya, le regard brillant d'une détermination nouvelle. Vous êtes partants, les amis, pour vivre cette aventure avec moi ? ajouta-t-elle avec un sourire tremblant, empreint d'espoir.

Un silence, chargé d'émotion, suivit ses mots. Puis Sophie s'approcha la première.

— Tu nous demandes si on est partants ? Amélya, tu rigoles ? dit-elle en riant doucement. On est déjà dans l'histoire jusqu'au cou !

— Et puis, c'est pas juste ton destin, c'est un peu le nôtre maintenant, renchérit Jules en posant une main sur l'épaule de Raphaël.

— Et nos parents comprendront. On n'abandonne pas une amie… encore moins une histoire pareille, conclut ce dernier.

Leur promesse silencieuse fut comme un pacte d'âme, un lien tissé entre les vivants et les fragments d'un passé endormi.

Quelques semaines plus tard, le petit groupe, toujours réuni, n'était plus seul. Touchés par l'histoire de Sarah — relayée par quelques articles et une vidéo postée par Jules sur les réseaux — des donateurs sensibles à cette mémoire oubliée avaient apporté leur soutien. Une fondation culturelle avait même proposé une aide financière, séduite par la symbolique du lieu, entre transmission, nature, et mémoire.

Et ainsi, jour après jour, le village reprenait vie.

Des charpentiers bénévoles, des artisans passionnés, des curieux devenus compagnons de chantier, tous convergèrent vers ce lieu déserté que le parfum du passé appelait à renaître. Les murs, pierre après pierre, furent redressés. Les fenêtres recouvrèrent leurs vitres. Et entre les pavés du chemin, de nouvelles roses furent replantées. Celles-là mêmes que Sarah aimait tant.

Amélya, entourée de ses amis, avait recréé l'atelier de fabrication, fidèle à celui qu'elle se rappelait par bribes, comme des échos venus d'un autre temps. Elle avait retrouvé, dans une ancienne annexe de la boutique, des carnets de recettes parfumées. Les flacons du passé lui murmuraient leurs secrets. Les senteurs reprenaient vie.Le village n'était plus ruines. Il était promesse.

Le parfum, baptisé simplement **"SARAH"**, devint le

symbole de cette aventure humaine, de cette mémoire retrouvée, et du lien entre Sarah et Amélya.

Et dans les soirs tièdes, quand le soleil disparaissait derrière les collines et que les dernières notes florales flottaient encore dans l'air, on aurait juré entendre un rire cristallin s'échapper du vieux puits… comme un remerciement venu de l'au-delà.En sa mémoire, Amélya avait revêtu la robe de Sarah — celle en lin bleu pâle, au tablier fleuri soigneusement raccommodé. À la lumière dorée du matin, elle semblait ne faire qu'un avec les souvenirs du passé, comme si Sarah, à travers elle, marchait encore parmi les roses.

FIN

*Chers lecteurs, chères lectrices,*
*Ce petit trésor, c'est un morceau de moi. Un coup de cœur écrit du bout des doigts, avec tendresse et un soupçon de rêve.*
*J'ai toujours eu un faible pour la rose — sa beauté, son mystère, sa force derrière ses épines. Alors j'ai laissé ma plume suivre son parfum…*
*Merci d'être là, de m'accompagner dans ces histoires que je découvre en même temps que je les écris. Vous êtes mes compagnons de route, discrets mais précieux.*

*Sovanna*

© 2025 Sovanna Ritzenthaler
Édition : BoD · Books on Demand, 31 avenue Saint-Rémy, 57600 Forbach, bod@bod.fr
Impression : Libri Plureos GmbH, Friedensallee 273, 22763 Hamburg (Allemagne)
ISBN : 978-2-3225-3754-9
Dépôt légal : Juin 2025